PELKÄÄTKÖ KUOLEMAA?

KUVITUS:
Minttu Vettenterä

TAITTO:
Graafinen Hukka 🐾 Kim Söderström

KUSTANTAJA:
Books on Demand GmbH, Helsinki, Suomi

VALMISTAJA:
Books on Demand GmbH, Norderstedt, Saksa

ISBN:
978-952-286-756-8

Olen kirjailija Karamelli
ja tässä on 12 kauhutarinaani.

Verinen tukka

Olipa kerran sisarukset, tyttö ja poika.

Poika vartioi siskoaan tarkkaan, mutta kukaan ei pakottanut häntä koskaan. Kerran sisko meni pimeään kellariin. Kun siskosta ei kuulunut, veli meni katsomaan mikä kestää. Kun sisko viimein löytyi, huomasi veli, että siskon hiukset olivat yltä päältä veressä. Kun veli leikasi yhden hiussuortuvan siskon päästä, sisko kuoli saman tien.

Veljeä syytettiin, koska hänellä oli parhain motiivi rikokseen. Siskon uskottiin kohdelleen veljeään huonosti ja veljen surmanneen hänet siksi. Veli istui vankilassa pitkään ja mieti hartaasti mitä kellarissa tapahtui. Mutta kukaan ei saanut tietää sitä.

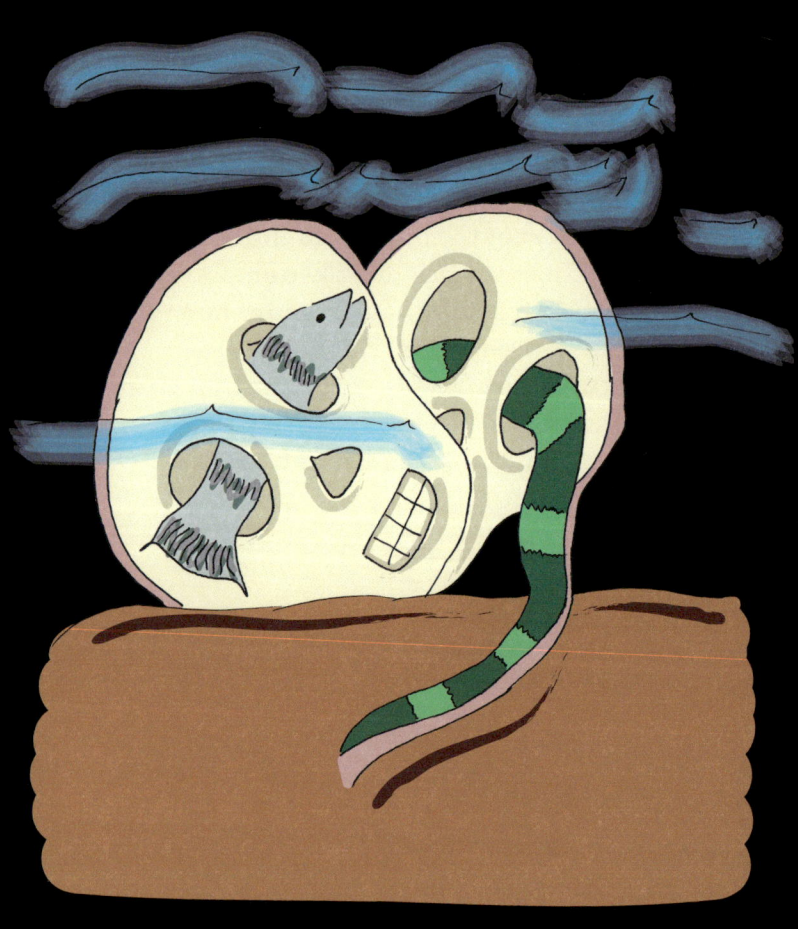

MENOLIPPU, ONKO PALUULIPPUA?

Malla oli voittanut liput matkalle miehelleen ja itselle. Palkintona oli matka kolmeksi viikoksi Bermudan kolmioon.

Malla ihmetteli kyllä, koska ei muistanut osallistuneensa mihinkään. Mallan mies Jesper ei välittänyt. Heidän reittinsä kulki yli Atlantin ja pariskunta liekehti onnea.

Onni päättyi, kun joku löi heidät tajuttomiksi.

(pidä kertomuksessa pieni tauko)

Kun he saapuivat Bermudan kolmioon Jesper ja Malla heitettiin yli laidan. Nyt Malla tajusi, että heillä oli menoliput mutta ei paluulippua.

Malla ja Jesper kuolivat yhdessä veden pohjalla.

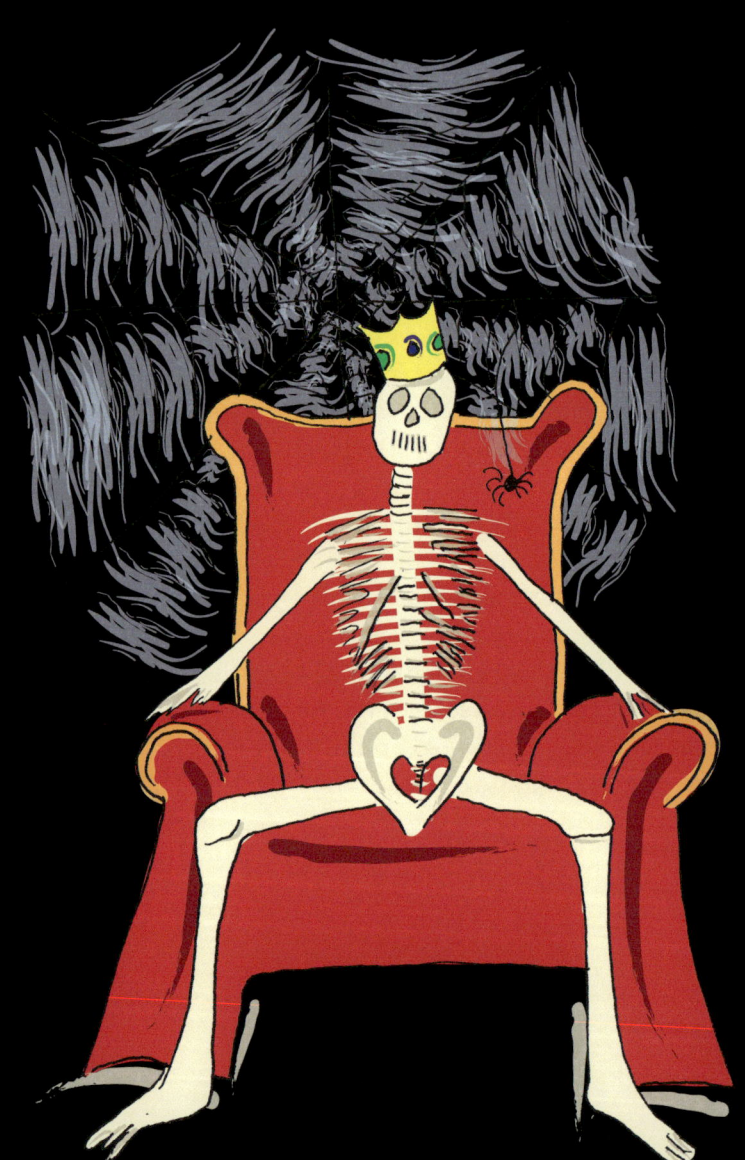

KUNINGAS ARTUR

Oli Arturin päivä 5.7.2014 ja koko
kylä oli kauhuissaan. Oli kaatosade
ja salamat säpinöivät. Taivaalla paloi
tähdet.
   Yhtäkkiä hautausmaalla alkoi
tapahtua outoja. Maa tärisi ja
hautakivien halkeamista ja kirjaimista
valui verta. Hiljaa kuningas Artur
nousi haudastaan.
   Artur meni vahaan valtakuntaansa,
joka sijaitsi Pennin metsässä. Hän
herätti kuolleet sotilaansa eloon ja
huusi: - Hyökätkää.
   Niin kaikilla teillä riehui
luurankoja ja zombeja. Kaikki asukkaat
juoksivat karkuun paitsi pikkuinen
Ella. Hän oli tuhon oma koska zombit
olivat jo syöneet hänen aivonsa.
   Muu kansa selvisi pakosalle.

HEVOSEN KOSTO

Oli yö 24.12.2014 päivä. Sinä yönä syntyi tyttölapsi, joka sai nimen Nossu Tassunne. Kun Nossu täytti kymmenen vuotta, hän sai ukiltaan hevosen. Nossu oli toivonut hevosta kovin, mutta silti hän kohteli hevostaan huonosti.

Kerran Nossu meni maastokisaan. Nossu nousi ylös vuorelle kuten kaikki muutkin, mutta sitten tapahtui jotain, jota kukaan ei pystynyt käsittämään. Hevonen tippui vuorelta Nossu mukanaan alas. Joku väitti kuulleensa huutoa. Ihan kuin hevonen olisi huutanut vihaavansa tyttöjä.

Nossua ei koskaan löydetty, eikä hevostakaan.

Nossun isä kirjoitti tuon kaiken muistiinpanoihinsa ja niistä minä luin tämän. Se oli hevosen kosto.

IHMINEN VAI SUSI

Oli myöhäinen ilta ja kolme poikaa
istui nuotiolla. Pojat olivat nimeltään
Juuso, Juho ja Sami.
- Onko jo yö? Sami kysyi.
- Ei vielä, vastasi Juho.
- Hiljaa, Juuso kuiskasi. Hän oli
kuullut jotain.
Kuului uusi rasahdus ja nyt muutkin
kuulivat sen. Metsässä tuli rasahduksen
jälkeen haudanhiljaisuus.
  Pojat menivät yöpuulle, mutta Sami
ei saanut unta. Lopulta hän kuitenkin
nukahti.
  Aamulla Juuson makuupussissa oli
vain luita ja makuupussin päällä
lihaveitsi, jossa oli ihmisen verta.
  Meni aikaa ja Sami ja Juho päättivät
lähteä uudelleen retkelle. Heitä
pelotti, mutta oli vain uskottava, että
kyseessä oli ollut onneton sattuma.
Sinä yönä vain tapahtui sama juttu,
mutta Samille. Nyt lihaveitsen vieressä
oli suden karvaa.
  Juho ei pystynyt nukkumaan
pitkään aikaan. Eikä hän uskaltanut
ajatellakaan telttailua. Lopulta
Juhon äiti sai pojan suostuteltua
telttaretkelle heidän oman kotinsa
pihalle. Juhon äiti suostutteli Juhon,

koska hän tiesi pojan rakastaneen
telttailua.

Aamulla Juhon äiti tuli auttamaan
poikaa teltan purkamisessa. Kun Juhon
äiti astui Juhon telttaan, Juholle oli
käynyt samoin kuin Samille ja Juusolle,
mutta makuupussin päällä lojui Juhon
polaroid-kamera ja valmiiksi kehittynyt
kuva pedosta.

SURMAN KOIRA

Oli pimeä yö ja Elijaana oli hyvin sairas. Kylässä kulki huhu, että lähistöllä kulki koira, joka voisi tappaa pelkällä katseella. Kun Elijaanan isä kuuli tästä, hän ajatteli, että tyttärensä ei tarvitsisi kärsiä, jos se koira tappaisi Elijaanan. Isän nimi oli Ilius. Ilius etsi koiraa ja, kun Ilius löysi koiran, tämä käänsi päätään niin, että Ilius kuoli saman tien. Tapahtui ihme ja Elijaana parantuikin. Hän oli terve ja iloitsi kamalasti, koska vain hyvin harvat olivat selvinneet samasta sairaudesta. Mutta sitten kuninkaan mies toi suruviestin Iliuksesta. Elijaanan ilo muuttui oikopäätä suruksi ja kaipaukseksi. Hiljaa Elijaana myös ymmärsi miksi isä oli lähtenyt etsimään koiraa. Hautakiveen Elijaana kaiverrutti sanat R.I.P. ja anna anteeksi. Iliuksen hautajaiset olivat suurenmoiset, niin kuin suuren miehen hautajaisten kuuluukin, mutta myös kauhean surulliset ja täynnä kaipaavia ihmisiä.

PIKKU VAMPYYRI

Oli yö ja äiti oli laitamassa poikaansa
nukkumaan. Pojan nimi oli Jesse ja hän
ei halunnut nukkua. Äiti sanoi, ihan
leikillään vain, että jos Jesse ei
nuku, niin vampyyri puraisee.
Mutta Jesse ei kuunnellut. Hän vain
pelasi kännykällä ja pyöri sängyssään.
Aamulla Jessen kaulassa huomattiin
kaksi pikkuista reikää. Aivan kuin
jonkin eläimen purema. Sängyssä oli
myös lappu ja lapussa luki: Vielä minä
palaan.
Sinä päivänä perhe muutti kauas
ihmisasutuksesta ja yritti piilotella
parhaansa mukaan.
Mutta eräänä aamuna perheen isää
oli haukattu. Isä ei ollut kestänyt
puremaa, vaan makasi sängyssään
kuolleena kuin kivi. Nainen heitti
ruumiin veteen, jonka kalastusalus
löysi.
Ruumiin löydyttyä poliisit alkoivat
etsiä perhettä ja surmaajaa. Kun
poliisit viimein löysivät perheen
salaisen asuinpaikan ja astuivat
taloon, he löysivät naisen
(pidä pieni tauko ja sen jälkeen
karjahda kovaa) VAINAJANA!
Sen jälkeen heidän suku oli riivattu.

Joonatanin paluu

Oli toukokuun kahdeskymmenes ja suru
oli suuremmillaan, koska oli Joonatanin
hautajaiset. Joonatan oli ollut
kaikkien rakastama hovipoika, joka oli
aina kiltti ja ystävällinen kaikille.
Joonatan oli kuollessaan vasta
viisitoistavuotias. Hän jäi
ratsastusretkellä pillastuneen
hevosen jalkoihin ja sulki silmänsä
lopullisesti.

Kului vuosi ja pahin suru oli
laantunut. Äiti ja isä eivät olleet
unohtaneet Joonatania, mutta ajat
olivat vaikeita ja heidän oli
jatkettava elämäänsä.

Yöllä tapahtui kummia. Ukkonen
hylisi, salamat iskivät maahan ja
taivas pauhusi vihasta. Kuolleet
tiesivät, että nyt oli tullut heidän
aikansa. He saisivat nousta zombiena
ylös takaisin elävien joukkoon. Ja niin
he tekivätkin.

Kaikki vainajat olivat nälkäisiä ja
himoitsivat ruuakseen aivoja. Entisistä
ihmisistä ei ollut mitään jäljellä,
koska se on zombieksi muuttumisen
hinta. Mikään ei estänyt heitä syömästä
vaikka äitiään.

Aamun koittaessa ei ollut jäljellä
kuin pappi, keisarin tytär ja sotamies.
Sotamies nai keisarin tyttären ja sai
monta lasta hänen kanssaan.

Mutta ei ollut niin yksinkertaista
ja onnellista heidänkään elonsa. Eräänä
päivänä sotamies sai huomata papin
vieneen hänen vaimonsa. Arvatkaapa
kuka oli pappi? Se oli zombiena noussut
Joonatan.

KAMMOTTAVA PARTURI

Olipa kerran hyvin hyvin lähellä tätä tätä paikkaa pieni parturiliike. Kerran tuli mies ja kysyi oliko parturi Elmert paikalla. Toinen parturi vastasi, että hän olisi kahvilla toisella puolella katua.

Elmert oli aina leikannut asiakkaan viikset, eikä hän pitänyt ajatuksesta, että joku muu koskisi niihin. Niin tärkeät ne viikset asiakkaalle olivat ja hän pelkäsi vieraan parturin pilaavan viikset.

Lopulta asiakas kuitenkin suostui vieraan parturin tuoliin. Kun parturi oli lopettanut, asiakas ei enää pelännyt. Jälki oli siistiä ja hän näytti juuri siltä kuin halusikin.

Mutta sitten, en tiedä mitä tapahtui, oliko se ristiveto vai tekikö jokin henki tepposiaan, komeron ovi aukesi narahtaen. Molemmat kääntyivät komeron suuntaan, parturikin, vaikkei olisi halunnut. Hän tiesi tarkalleen mitä asiakas näki ja se sinetöi asiakkaan kohtalon.

– Pahuksen komeron ovi! parturi kivahti. Asiakas tuijotti komeroon ja kaipaamansa parturin tyhjiin silmiin. Nyt asiakkaalle paljastui,

ettei parturi ollutkaan
lähtenyt mihinkään,
eikä tulisi enää koskaan
lähtemäänkään. Parturin
kaula oli viilletty
auki.

Kirottu panta

Oli kerran äiti, isä, veli, sisar ja koira. Perhe oli lomalla ja he päättivät tuoda koiralle jotain tuliaisiksi. Niin kovin he sitä rakastivat ja kaipasivat. Kaupassa oli kaunis smaragdinvihreä kaulapanta. Sisar päätti ostaa sen, mutta kauppias varoitti pannan voimasta. Perhe piti varoituksia epämääräisenä hölynpölynä. Eihän mitään kirouksia ole olemassa.

Koira oli rodultaan saksanpaimenkoira ja se piti tyttärestä paljon. Kun he tulivat kotiin, koira pomppi tytön ympärillä ja tyttö laittoi pannan sen kaulaan. Koira näytti tytöstä aivan kuninkaalliselta koiralta upouudessa pannassaan.

Seuraavana aamuna tytär oli raadeltu ja sitä seuraavana isä. Mutta äiti uskoi vakaasti, että asialla oli ollut villi eläin, joka oli tullut yöllä etsimään ruokaa.

Mutta seuraavana aamuna poika oli saanut kokea saman kohtalon kuin sisko. Silloin äiti soitti kauhuissaan uudelleen poliisit. Poliisit tulivat kiireellä sireenit huutaen, mutta silloin oli jo myöhäistä. Talosta ei koskaan palannut kuin yksi poliisi

ja hänkään ei saanut enää koskaan
järkevää sanaa suustaan. Ei edes yhtä.
 Tuo talo on olemassa yhä. Hylättynä
ja ränsistyneenä. Asuuko peto
smaragdinvihreä panta kaulassaan yhä
siellä? Sitä ei tiedä kukaan.

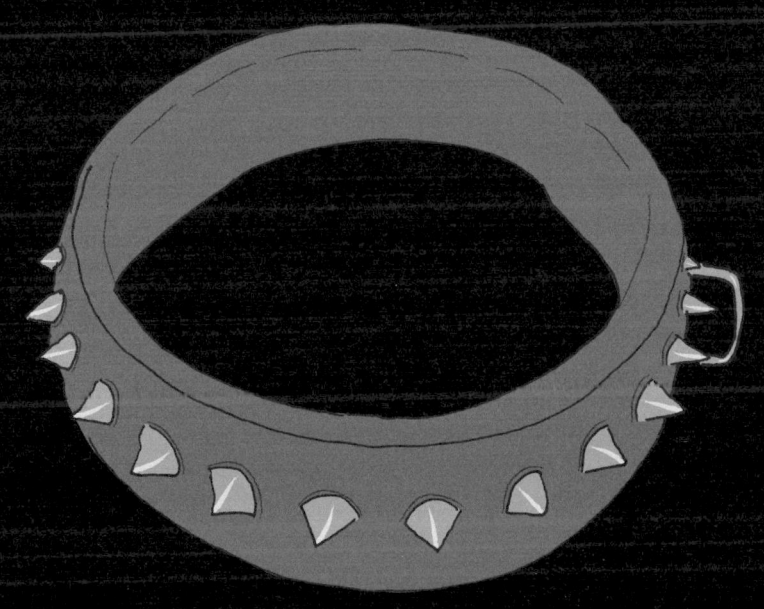

Viimeinen tanssi

Olipa karran tyttö, jonka nimi oli Kamilla. Kamilla rakasti tanssimista ja sai jonakin päivänä kutsun tansseihin.

Kamilla oli onnellinen ja puki tansseihin kauneimman mekon ja siveli sievästi huulipunaa huuliinsa. Mutta kun Kamilla tuli tanssiaispaikalle, niin heidän luokkansa kaunein tyttö oli kateellinen, eikä halunnut jäädä varjoon keneltäkään.

Niinpä tämä toinen tyttö keksi juonen ja käski poikaystävänsä juoneen mukaan, että se onnistuisi täydellisesti. Niin pojan täytyi suostua tanssittamaan Kamillaa ja lopulta viedä tämä parvekkeelle ja olla suutelevinaan häntä.

Poika ei olisi halunnut, mutta niin kovin hän rakasti tuota toista tyttöä ja oli otettu tämän huomiosta, että hänen oli pakko. Poika lähti pyytämään Kamillaa daamikseen tanssiin.

Kun he saapuivat parvekkeelle, poika hyräili laulua Rakkauden haudalla. Lopulta poika keräsi rohkeutensa, kaappasi Kamillan syliinsä ja suuteli tätä. Niin pojan tyttöystävä hiipi hiljaa paikalle.

Kamillan ja pojan suudellessa, tyttö
tönäisi Kamillaa niin, että tämä
putosi parvekkeelta. Parveke oli hyvin
korkealla ja sen alla oli autotie. Se
oli Kamillan viimeinen tanssi.

TEFTOR

Oli laiva, jonka nimi oli Teftor. Sitä sanottiin kirotuksi, mutta kerran yksi nelikko päätti uskaltautua sillä merelle. Teftor ei ollut merillä liikkujien suosiossa hurjan maineensa vuoksi ja siksi sen risteilyhinnat olivat halpoja. Halpa hinta houkutti nelikkoa.

He pakkasivat laukkunsa ja nousivat laivaan. Vaikka vanha kapteeni satamassa varoitti, tytöt eivät kuunnelleet. Tyttöjen mielestä Teftor oli sievä laiva, eikä se ollut tippaakaan kirotun näköinen. Hieno laiva Teftor todellakin oli.

Tytöt nauttivat päivällisestä ja se olisi kelvannut vaikka kuninkaalle. Niin hieno se oli. Tytöt nauttivat, vaikka heitä vähän ihmetytti miten niin halvalla risteilyllä, jolla oli kirottu maine, saattoi olla niin ruhtinaalliset tarjottavat.

Mutta illallinen oli vielä hienompi. Se olisi kelvannut vaikka keisarille ja tytöt olivat ihastuksissaan herkuista. Yhäkin he vähän ihmettelivät ruuan yltäkylläisyyttä, mutta eivät antaneet sen häiritä.

Seuraavana aamuna he saivat niin

ihania hedelmiä, että se aamiainen
kyllä olisi kelvannut melkeinpä
jumalille.

   Yöllä nelikko heräsi johonkin ääneen.
He eivät ehtineet edes kunnolla tajuta
hytissä olevan jonkun ulkopuolisen.
Siinä samassa ilkeästi virnistävä pelle
viilsi kaikille lihaveitsellä ikuisen,
vertavaluvan hymy. Sen jälkeen pelle
surmasi kaikki neljällä lihaveitsen
iskulla.

   Teftor oli ottanut uusimmat uhrinsa.